Opa, kann die Sonne schwimmen?

Erzählt von Geert Müller-Gerbes
Mit Bildern von Michaela Heitmann

Zum Staunen und Träumen,
zum Lesen und Vorlesen,
zum Entdecken und Wiederentdecken

Ein Kinderbuch nicht nur für Kinder

Edition Riesenrad

Inhalt

Für Christian Ludwig

ISBN 3-935746-40-7

Am Hehsel 40, 22339 Hamburg
www.xenos-verlag.de
Einbandtypo: Michael Drapa, Hamburg
Satz: Olaf Hille, Hamburg
Lithografie: ManoLitho, Hamburg
Printed in Slovakia

Opa, weiß die Sonne das?

Von vorne sah das Boot keineswegs Vertrauen erweckend aus. Es lag zur Hälfte auf dem schmalen Sandstrand, mitten zwischen dicken, mit Muscheln bewachsenen Steinen. An einer Seite hing eine verrostete Kette herunter. Ziemlich schief lag das Boot, so, als habe es ganz und gar das Schwimmen verlernt. Wie wenn es gleich untergehen müsste.

Opa sah, wie sein Enkel Lyonel das linke Auge zukniff, als wollte er genauer abschätzen, wie tauglich der Kahn wirklich sein könnte. Lyonel war der jüngste der drei Enkel von Opa und hieß mit vollem Namen Lyonel Noah. Aber Noah stand nur auf dem Papier, gerufen wurde er Lyonel, so, als würde man seinen Namen ganz anders schreiben, nämlich Lei-o-nell. Er war zum ersten Mal mit Opa ganz allein auf eine große lange Reise aufgebrochen. Ganz hoch in den Norden waren sie gefahren, weit nach Lappland hinein, bis ans Eismeer, wo die Sonne nicht unterging. Sie schien den ganzen Tag und die ganze Nacht. Immer schien dort die Sonne.

Sie waren in einem kleinen grünen Wohnmobil unterwegs – Opa nannte es immer „die Kiste" – und darin konnten sie zu zweit sehr gut schlafen. Allerdings – ein Problem gab es: Lyonel konnte immer so schlecht einschlafen, wenn es Zeit war fürs Bett. Es wurde ja nicht dunkel. Nicht wie zu Hause, wo man ins Bett ging, wenn es dämmerte. Nein, hier war alles ganz anders. Lyonel fielen zwar die Augen zu, aber er konnte nicht schlafen. Irgendwie war die Sache verdreht. Er wurde

nicht damit fertig und versuchte immer wieder zu verstehen, woran das wohl liegen mochte.

Nun also waren sie am Ziel ihrer Reise, ganz hoch im Norden, und sie hatten beschlossen, sich von dem schweigsamen norwegischen Fischer ein Boot zu mieten. Es hatte einen Tucker-Motor, der mehr blubberte als schnurrte, aber immerhin trieb er das Boot an. Nicht zu schnell, wie sie sich beide am Tag zuvor vergewissert hatten, aber doch so stark, dass man auf den Fjord hinausfahren konnte. Und genau das hatten sie jetzt vor. Sie wollten hinausfahren auf den Fjord und Opa hatte versprochen, dass sie dort hinter das Geheimnis der Helligkeit in der Nacht kommen würden. Er hatte was von Mitternachtssonne gesagt. Es war jedenfalls merkwürdig.

Opa und Lyonel hatten sich lange auf diese Reise gefreut. Schon immer, so lange wie Lyonel denken konnte, hatte der Opa von Norwegen und Schweden und von Finnland erzählt, von Lappland und dem Eismeer, von dem grünen Wasser und den Felsen und der Einsamkeit, von den Bergrücken, die aussahen wie riesige Seehunde und auf denen kein einziger Baum wuchs, von den mächtigen Möwen und von den Fischen, so lang wie ein ganzer Arm, die man im Eismeer angeln konnte. In diesem Jahr hatte es nun endlich geklappt. Opa und Lyonel waren gemeinsam in den hohen Norden aufgebrochen, und die beiden anderen Enkel, Joschua Elias und Henrik Johannes, waren zu Hause geblieben. Sie hatten andere Pläne in den Ferien. Etwas Besseres, hatten sie jedenfalls gesagt. Na ja, man würde sehen.

Heute wollten Opa und Lyonel aufs Meer hinausfahren. Es war schon Abend. Wieder wurde es nicht dunkel, wie schon die ganze Zeit. Opa hatte ihm das zwar immer wieder erklärt, aber so recht glauben mochte Lyonel das ja nun nicht. Es musste in der Nacht doch dunkel werden. Das gehörte einfach zusammen: Nacht und Dunkelheit. Wenn es dunkel war und Nacht, dann konnte man die Sterne und den Mond beobachten und manchmal tanzten im Sommer auch Glühwürmchen in der nächtlichen Dunkelheit.

Jetzt war das alles ganz anders. Je weiter sie nach Norden gekommen waren, desto heller wurden die Nächte. Auch in der Schlafkiste wurde es nicht dunkel. Natürlich nicht. Lyonel wälzte sich von einer Seite auf die andere und wenn er aus dem Fenster guckte – immer dasselbe: Kein Stern war am Himmel zu sehen, der Mond ging zwar auf, aber er war recht blass und Glühwürmchen gab es schon gar nicht.

Opa hatte ihn immer wieder beruhigt, wenn Lyonel ängstlich fragte, ob denn jetzt vielleicht die Welt aus den Fugen geraten sei.

„Nein, nein, keine Sorge. Das hängt mit der Erdachse zusammen. Die steht schräg, und das ist der Grund, warum im Norden die Sonne im Sommer den ganzen Tag und auch in der Nacht scheint. Im Winter ist es umgekehrt – da scheint die Sonne im Süden, ganz weit unten im Süden, in der Antarktis, Tag und Nacht. Dann wird es da unten nicht dunkel und hier oben, im Norden, da ist es dann immerzu Nacht. Dann scheint die Sonne gar nicht mehr."

Das klang ja nun wirklich sehr kompliziert und so richtig verstanden hatte Lyonel das nicht. Erdachse und schräg – wie kann das sein? Und wieso hatte die Erde eine Achse und wo war diese Achse? Sein Fahrrad hatte eine Achse, und die musste man ölen. Auch die Erdachse?

Fragen über Fragen.

Nun wollten sie es also genauer erkunden. Auf dem Fjord, auf dem Wasser, da würde man verstehen, wie das alles zusammenhängt und warum es nicht dunkel wird in Lappland, am Eismeer, ganz hoch oben im Norden.

Der Motor sprang sofort an, als Lyonel an der kurzen Strippe zog. Beide setzten sich auf die schmalen Bretter in dem abenteuerlich engen Kahn und versuchten, erst mal hinauszufahren, mitten hinein in das grüne Wasser.

Lyonel konnte ganz genau erkennen, dass so ein Fjord ein tiefer Einschnitt ist, bis weit in das Land hinein. Und Opa zeigte ihm, dass der Fjord in Richtung Meer immer breiter wurde und schließlich selbst Meer wurde. Eismeer.

„Eismeer?“, fragte Lyonel. „Ist das nicht wahnsinnig kalt? Ist das aus Eis und gibt es da Eisberge? Leben da Fische oder erfrieren die? Und was ist mit den Seehunden und den Walfischen und den Möwen und den Kormoranen? Und erfrieren wir dann auch, wenn wir bis zum Eismeer fahren?“

Opa konnte seinen Enkel beruhigen. Das Eismeer heißt zwar so, ist aber nicht aus Eis. Es ist nur sehr kalt, aber Eisberge gibt es erst in der Nähe des Nordpols. Und da waren sie ja nun wirklich noch nicht, sondern erst im norwegischen Teil von Lappland, in der Finnmark.

Die beiden hatten sich warme Anoraks angezogen und auch die dicken Mützen aufgesetzt. Sie sahen aus wie Eisbären, mitten in ihrem Boot, ganz einsam und allein auf dem Wasser – nur nicht so weiß. Es war ganz still um die beiden, nur das leise Tuck-Tuck des blubbernden Motors war zu hören. Sie fuhren um eine Felsnase herum, und da sah Lyonel auf einmal die riesige Sonne direkt vor sich über dem Wasser.

Eine riesige und beinahe glutrote Kugel, so groß, wie er sie noch nie gesehen hatte. Oben und unten ein bisschen eingedetscht und an den Seiten wie aufgeblasen.

„Opa, Opa, die Sonne brennt und gleich platzt sie“, schrie Lyonel fast und presste sich die Hand vor den Mund, als wolle er seine Worte verschlucken. So gewaltig war der Eindruck, dass er sofort verstummte und wie gebannt auf die riesige helle Scheibe am Himmel starrte.

Die Sonne. Größer als der Mond, größer als alles, was er sich bisher hatte ausmalen können. Und sie schien wirklich zu brennen, die Sonne. Manchmal, so dachte Lyonel, flackerte sie sogar ein wenig, an den Rändern.

Opa nahm seine Uhr aus der Tasche und nickte. „Gleich Mitternacht“, sagte er und deutete auf die Sonne. „Da ist sie, die Mitternachtssonne. Gleich hat sie ihren tiefsten Punkt erreicht, und dann wandert sie wieder nach oben.“

Lyonel protestierte ziemlich laut und mit Nachdruck. Alles, was er bisher gelernt hatte, in der Schule und aus den Naturkundebüchern, das sollte hier oben nicht mehr stimmen? Die Sonne musste untergehen, sonst würde die Welt stehen bleiben.

Opa spürte die Zweifel seines Enkels und beschloss, noch ein wenig zu warten.

Es war still und kalt, fast unheimlich. Die Nase des Bootes war nach Norden ausgerichtet, direkt auf die Sonne zu. Und diese Sonne rutschte jetzt noch ein Stückchen tiefer und dann blieb sie stehen, eine Handbreit über dem Horizont.

„Warum will sie nicht untergehen ...?“ Lyonel sagte das mehr zu sich selbst.

Der große, jetzt dunkelrote Ball hing direkt über dem Wasser, und nach einer ganzen Weile, sie hatten fast eine halbe Stunde ganz bewegungslos dagesessen, da bewegte sich die Sonne weiter nach rechts und sie stieg wieder auf.

„Das gibt es nicht“, versuchte Lyonel seinen Opa zu überzeugen. „Warum versinkt sie nicht im Wasser? Ist das Eismeer zu iggelig für die Sonne? Ist sie wasserscheu? Hat sie Angst, dass es zischt und platscht, wenn sie ins Wasser eintaucht? Oder ist es der Sonne vielleicht zu kalt, wenn sie ins Eismeer muss?“

Opa hatte alle diese Fragen erwartet. Deswegen war er ja mit seinem jüngsten Enkel hierher gefahren, ganz in den Norden, damit sie gemeinsam dieses unglaubliche Naturschauspiel erleben konnten. Die Sonne geht hier im Sommer nicht unter, es ist Tag und Nacht hell. Und im Winter, bei Eis und Schnee, da ist es umgekehrt. Da geht die Sonne gar nicht erst auf.

„Opa, sag mir, warum ist das so? Ist das normal oder ist die Sonne verrückt geworden?“

Da lachte Opa aus vollem Halse und das kleine Fischerboot begann heftig zu schaukeln und drohte fast zu kentern.

„Nein, Lyonel, das nun gewiss nicht. Die Sonne ist nicht verrückt geworden.“

„Aber was dann? Warum geht sie nicht unter? Will sie uns zum Narren halten? Sollen wir ewig wach bleiben?“

„Keineswegs“, schmunzelte Opa, und dann wurde er wieder ernst, obwohl er das gar nicht so gut konnte.

„Also, all das, was du hier erlebst, ist völlig normal. Seit undenklichen Zeiten ist das so, schon immer. Du weißt, dass die Erde eine Kugel ist und dass sie sich um die Sonne dreht. Und gleichzeitig dreht sich die Erde um sich selbst, wie ein Brummkreisel. Nur sehr viel langsamer. Sie braucht für eine einzige Umdrehung einen ganzen Tag und eine ganze Nacht. Von morgens früh bis wieder zum anderen Morgen, also 24 Stunden lang."

Ungläubig sah Lyonel den Opa an. Das sollte die Erde können, sich um sich selbst drehen? „Und warum wird uns dann nicht schlecht wie im Kettenkarussell auf der Kirmes, wenn die Erde sich dreht? Es reicht doch, wenn sie sich um die Sonne dreht. Und warum werden wir da nicht runtergeschleudert – könnte doch sein, oder?"

Es sah so aus, als ob Opa jetzt in Verlegenheit geraten wäre. Die Erde dreht sich wie ein Brummkreisel, hatte er gesagt, und wir alle würden nichts davon merken. Im Gegenteil: Manche Leute glauben sogar, die Sonne wandert um die Erde herum, von Sonnenaufgang bis Sonnenuntergang. Opa hatte das natürlich geahnt und sich seine Antwort lange überlegt.

„Stell dir vor, du nimmst einen Brummkreisel und lässt ihn direkt neben einer hellen Lampe kreisen. Dann wird immer die Seite des Kreisels beleuchtet, die zur Lampe hinzeigt. Die andere Seite ist dann dunkel. Und dann neigst du die obere Spitze des Kreisels zur Lampe hin – und was siehst du?"

„Ist doch klar, dann wird der obere Teil des Kreisels fast ganz von der Lampe beschienen." So konnte Lyonel sich das sehr gut vorstellen.

„Und so einfach ist das auch mit dem Sonnenschein auf der Erde. Die Sonne ist wie die Lampe. Sie steht ganz fest am Himmel und

bewegt sich nicht. Die Erde, also der Brummkreisel, dreht sich um sich selbst und wird deshalb im Laufe des Tages von allen Seiten angestrahlt, immer ein Teil nach dem anderen, so wie die Erde sich dreht. Oben auf dem ‚Kreisel Erde', da ist der Nordpol mit seiner weißen Kappe, und unten, wo der Kreisel eine Spitze hat, da hat die Erde den Südpol. Und jetzt stell dir vor, durch die Erde ginge – ähnlich wie bei dem Brummkreisel – ein Stab hindurch, vom Nordpol zum Südpol. Und dieser Stab, der ist geneigt. Jetzt hier bei uns im Norden, ist er so geneigt, dass die ‚Lampe Sonne' 24 Stunden lang auf dieselbe Stelle der Erde scheinen kann, auch wenn diese sich dreht. Dann ist es Tag und Nacht hell und die Sonne versinkt nicht im Meer."

„Ist dein gedachter Stab wohl die Erdachse? Hast du das vorhin gemeint?", wollte Lyonel wissen.

„Ja, so nennt man das." Opa atmete auf. Es war schwierig, sich die gedachte Linie durch die Erde vom Nordpol zum Südpol als eine Art Achse vorzustellen. Aber Lyonel hatte es geschafft.

Jetzt musste er ihm nur noch deutlich machen, dass sich die Erde mitsamt dieser gedachten Schiefachse einmal im Jahr um die Sonne dreht, und zwar so, dass dadurch Sommer und Winter entstehen, Frühling und Herbst, und dass im Norden Sommer ist, wenn im Süden der Erde der Frost klirrt.

Das war nicht so schwer, wie Opa zunächst gedacht hatte. Im Gegenteil. Lyonel konnte seinen Opa schließlich sogar aufklären, dass auf diese Weise nicht nur die Jahreszeiten entstehen, sondern dass und warum diese Jahreszeiten auf der Nordhalbkugel genau spiegelbildlich zur Südhalbkugel verlaufen. Nämlich wegen der schief stehenden Erdachse.

„Uff“, stöhnte Lyonel. „Hier ist jedenfalls Sommer und ich weiß jetzt endlich, warum hier die Sonne nicht untergehen kann. Sie muss ja den ganzen Tag und die ganze Nacht scheinen und kann nicht im Meer versinken – wegen der Erdachse, der schiefen.“

„Wenn das man gut geht“, dachte sich Opa und drehte das Boot langsam wieder in Richtung der Felsenküste.

Da schoss eine riesige Möwe direkt über ihre Köpfe hinweg. Lyonel hatte sie gar nicht kommen sehen. Wahrscheinlich hatte sie sich irgendwo in den Wellen verborgen und war jetzt aufgestiegen. Sie flog direkt auf die Sonne zu, die jetzt am Himmel wieder hochkletterte.

„Das müsste man können“, träumte Lyonel, „mit der Möwe fliegen, immer in Richtung Sonne. Ob man wohl irgendwann ankäme, bei der Sonne, in der ewigen Wärme ...?“

Er wollte das Opa fragen, das nächste Mal.

Opa, kann die Sonne schwimmen?

Opa und Lyonel saßen in ihrem kleinen grünen Wohnmobil, das „die Kiste“ hieß, und fuhren aus dem norwegischen Lappland hinunter nach Süden.

Stunde um Stunde ging das nun schon. Immer noch eine Kurve und noch ein riesiger Berg und noch eine Kurve und immer wieder diese schier unendliche Straße, die Kilometer um Kilometer unter den surrenden Rädern der Kiste verschwand. Sie fuhren an Fjorden entlang und durch mächtige Wälder, an Felsen vorbei, die wirklich aussahen wie schlafende Seehunde, und sahen vor sich Berge, die riesig waren wie die Alpen, noch dazu ganz weiß von Schnee und Gletschern. Es war ja immerhin Sommer, aber der Schnee schmolz hier trotzdem nicht, so hoch im Norden.

Und dann wieder das Meer. Zuerst war es nur ein Fjord, der tiefe Einschnitt des Meeres in das Land, mit ganz tiefblauem Wasser. Dann wurde der Fjord breiter und breiter und schließlich kamen die beiden an den offenen Atlantik. Opa hatte beschlossen, hier ein paar Tage zu bleiben. Er nannte die Stelle Westkap.

„Opa, warum heißt das hier Westkap?“ – die Frage lag natürlich nahe.

Fast hätte Lyonel den Opa auf dem falschen Fuß erwischt. Aber Opa wusste auch auf diese Frage eine Antwort.

„Kap, das heißt eigentlich Spitze. Das ist normalerweise eine Landspitze oder eine Felsspitze, die ins Meer hineinragt. Das berühmteste

Kap ist das Kap Hoorn an der untersten Spitze von Südamerika oder das Kap der Guten Hoffnung am südlichsten Punkt Afrikas. Und dieses Kap hier, dieses Westkap, liegt an der westlichsten Stelle Norwegens, also da, wo Norwegen am weitesten in den Atlantik hineinragt."

„Und warum heißt es nun Kap und nicht Spitze, wie du sagst? Eigentlich müsste es dann doch Westspitze heißen", ließ Lyonel nicht locker.

„Kap heißt doch Spitze, kleiner Mann. Das kommt von dem lateinischen Wort ‚caput'. Die Seefahrer früher haben diesen Landspitzen gern lateinische Namen gegeben. Das klang so schön fremd."

„Und warum?" Lyonel konnte es nicht lassen.

„Weil es geheimnisvoll klang und weil das Wort Kap in allen Sprachen etwa gleich klingt. Hier, in Norwegen, schreibt man es mit zwei ‚p' und auf Englisch heißt es ‚cape' – aber das führt jetzt zu weit."

Lyonel hatte davon geträumt, dass er mit einer Möwe fliegen wollte, ganz schnell und weit und hoch bis in die Wolken und der Sonne entgegen. Aber das war leider nur ein Traum und er musste wohl oder übel mit Opa den langen Weg von Lappland zurück nach Hause in der Kiste durchhalten. Deshalb war es gut, wenn hier ein paar Tage Pause sein sollten, denn jeden Tag auf der Straße – das konnte ganz schön langweilig sein.

Ein Gutes hatte diese lange Reise: Je weiter sie nach Süden kamen, desto dunkler wurden die Nächte. Hier, am Westkap, konnte man sogar wieder richtig einschlafen, weil die Sonne unterging. Am Abend, wie sich das gehörte, verschwand die Sonne und machte der Nacht Platz.

Sie standen mit ihrer Schlafkiste ganz weit draußen an der felsigen Küste, hoch über dem Meer. Opa und Lyonel. Sie waren ganz allein, weit und breit kein Mensch zu sehen. Hier und da flogen Möwen mit lautem Geschrei gegen den Wind. Sogar einen Adler hatten sie ausmachen können, einen Seeadler mit weiten Schwingen, der wirklich aussah wie ein König der Lüfte. Und am Horizont die Sonne. Sie hatte den ganzen Tag lang geschienen, war über Mittag steil oben über den Himmel gewandert und hatte sich nun, gegen Abend, nach unten bewegt. Dabei hatte sie, je später es wurde, ihre Farbe immer mehr in ein leuchtendes Orange verändert.

Jetzt schien es, als wolle die Sonne in das weite, ganz still liegende Meer eintauchen.

Fast keine Wolke war am Himmel, nur leichte Schleier über dem Wasser, die sich weiter oben am Himmel fortsetzten. Schäfchenwolken. Je weiter die Sonne nach unten wanderte, desto dunkler färbten sie sich. Erst waren sie ganz schwach grau, so wie das dreckige Fell der Schafe, die sie immer am Straßenrand gesehen hatten. Nach und nach färbten sie sich erst orange, dann hellrot und schließlich ganz dunkelrot. Der ganze Himmel war voll von diesen roten Schleierwolken, sie spiegelten sich sogar im Wasser. Es war, als hätte jemand mit einem riesigen Pinsel Himmel und Meer angemalt. Fast konnte man meinen, der Himmel brenne. Die Sonne war längst untergegangen, aber der Himmel brannte noch immer.

Opa sah den fragenden Blick von Lyonel. „Du bist gerade Zeuge eines der gewaltigsten Schauspiele, die uns die Erde bieten kann", sagte Opa mit seiner tiefen Stimme, und Lyonel merkte, dass es dem Opa ernst war.

Er hörte gespannt zu, wie Opa erklärte, warum das so ist.

„Also, ...", alle Schilderungen von Opa fingen mit „also" an, „also, die Sonne geht unter. So nennen wir das, wenn die Erde sich von der Sonne wegdreht. Dann sieht es so aus, als ob die Sonne im Meer versinkt. Sie rutscht unter den Horizont – das ist die Linie da ganz hinten, wo das Meer aufhört. Und dann beleuchten die Lichtstrahlen der untergegangenen Sonne die Wolken von unten und wir erleben dieses unglaubliche Naturschauspiel – als ob der Himmel brennt und das Wasser das Himmelsfeuer spiegelt."

„Aber die Sonne versinkt doch wirklich im Meer. Eben gerade noch war die Sonne über dem Wasser, und jetzt ist sie im Wasser ..." Lyonel schnaubte vor Aufregung, denn was er sah, das war wirklich gigantisch.

Die Sonne versinkt im Meer – da konnte der Opa erzählen, was er wollte. Er hatte es gerade gesehen. Und die Folge davon – alles brannte. Der Himmel. Das Wasser. Alles.

„Opa, kann die Sonne denn schwimmen?" – jetzt war es heraus. Diese Frage hatte ihn schon eine ganze Zeit lang beschäftigt. Jedes Mal, wenn er an den vergangenen Abenden die Sonne im Meer hatte versinken sehen, war er einerseits beruhigt gewesen. Sie ging wenigstens unter und blieb nicht die ganze Nacht am Himmel, wie oben in Lappland. Andererseits – wenn die Sonne im Wasser versank und am nächsten Morgen wieder aufging, ein Stückchen weiter rechts, oder wie Opa sagte, im Osten, dann musste sie in der Zwischenzeit doch irgendwo bleiben. Konnte sie schwimmen? Und was passierte mit dem Meer, wenn die heiße Sonne dort eintauchte? Brodelte es? Kochte es über? Und wo blieben die riesigen Wellen eigentlich, die entstehen, wenn die Sonne ins Wasser platscht?

Opa spürte, wie es in Lyonel rumorte.

„Opa, kann es sein, dass die Sonne, wenn sie vielleicht nicht schwimmen kann, dass sie vielleicht wie Jonas von dem Walfisch getragen wird und dass sie vielleicht deswegen am nächsten Morgen so schnell wieder auftaucht? Vielleicht?"

Hier musste Opa aber prusten wie noch nie. Er lachte aus vollem Halse und Lyonel lachte zuerst vorsichtig und dann immer lauter mit.

Als sich beide beruhigt hatten, setzten sie sich auf einen großen Felsen und sahen über das Meer. Die Sonne war untergegangen, der Himmel wurde langsam dunkler und hörte auf zu brennen.

„Nein, Lyonel, wirklich. Die Sonne geht nicht nur scheinbar unter, sondern sie verschwindet wirklich hinter dem Horizont. Sie muss aber nicht im Meer schwimmen. Es sieht nur so aus, als ob sie ins Wasser eintauchen würde. In Wirklichkeit scheint sie hinter dem Horizont weiter und wenn wir jetzt ein Flugzeug hätten und ganz schnell in Richtung Amerika fliegen könnten, dann würden wir die Sonne noch am Himmel sehen können."

„Aber ich habe es doch eben selbst gesehen – die Sonne ist im Meer versunken." Lyonel gab keine Ruhe.

Da stand Opa auf und ging die paar Schritte nach hinten, wo die Kiste stand. Er holte aus einer Seitenklappe eine Schachtel und zauberte daraus einen riesigen gelben Hüpfball, der sich wie von selbst aufblies.

„So, nun machen wir mal ein richtiges Experiment", sagte Opa, und Lyonel war gespannt wie ein Flitzebogen. Sie legten den gelben Hüpfball mitten in das Heidekraut zwischen die vielen Steine. Dann gingen sie gemeinsam wieder ein paar Schritte zurück.

„So, nun stellen wir uns mal Rücken an Rücken. Du mit dem Gesicht zum Hüpfeball. Der ist jetzt die Sonne. Ich stelle mich mit dem Gesicht zum Meer."

Lyonel konnte sich beim besten Willen nicht vorstellen, was das sollte. Außerdem war der Opa ganz schön groß und er selbst reichte ihm nicht mal bis an die Schulter. Aber bitte, wenn er das wollte – sollte er seinen Willen haben.

Nun wollte Opa, dass sie sich beide gemeinsam um sich selbst drehten, um die eigene Achse. Mal stand Opa mit dem Gesicht zum Hüpfeball, der die Sonne war. Mal war es Lyonel. Und dann wieder Opa. Immer weiter drehten sie sich. Langsam, dass ihnen nicht schwindelig wurde – mal Opa, mal Lyonel mit dem Gesicht zum Hüpfeball, zu ihrer kleinen gelben Sonne im Heidekraut. Immer, wenn einer den Sonnen-Hüpfeball sehen konnte, sah der andere nur das Meer. Und beim Drehen umeinander, Rücken an Rücken, konnten sie an einer bestimmten Stelle den Ball immer nur aus den Augenwinkeln erkennen, mal rechts, mal links.

„Na, merkst du was?"

Das war eine fast überflüssige Frage. Natürlich hatte Lyonel was gemerkt. Immer, wenn er den Hüpfeball sehen konnte, konnte Opa ihn nicht sehen. Und umgekehrt. So war das also. Er und Opa waren die Erde, die sich dreht. Mal sieht man die Sonne, mal nicht. Und immer nur einer kann die Sonne sehen. Also ist Tag für den einen, wenn für den anderen Nacht ist. Und wenn man die Sonne nur aus den Augenwinkeln sieht, dann geht sie gerade auf oder unter. Aber – die Sonne bewegt sich nicht. Der Hüpfball lag ja auch noch immer an derselben Stelle auf dem Boden.

Also musste die Sonne gar nicht schwimmen können, auch die Sache mit dem Walfisch war eigentlich nur Fantasie. So gesehen.

Aber beinahe, nicht wahr, beinahe hätte es so sein können. Es hatte jedenfalls so ausgesehen.

Und in der Nacht träumte Lyonel von der schwimmenden Sonne, wie sie immer tiefer im Meer versank und schließlich wie Jonas vom Walfisch gerettet wurde. Nur das Meer kochte nicht über – und das fand er doch merkwürdig.

Er beschloss, die beiden anderen Opa-Enkel Henrik und Joschi, die beide älter waren als er, mit der schwimmenden Sonne auf die Probe zu stellen. Wenn sie wieder zu Hause waren.

Opa, wo geht es zum Regenbogen?

Es war Spätsommer. Noch eine Woche Ferien, dann sollte es wieder losgehen mit der Schule. Lyonel saß nach dem langen Urlaub im Norden wieder in Opas Garten auf der Schaukel und wartete auf seinen Bruder Joschua Elias, der einfach nur Joschi gerufen wurde, und auf Henrik Johannes, seinen Vetter. Ein blödes Wort – fett war der ja nun wirklich nicht, der Henrik. Eher dünn wie eine Bohnenstange, nur nicht so lang.

Als er noch so vor sich hin sinnierte, da kamen sie von der Terrasse her quer durch den Garten – Opa, Joschi und Henrik. Sie setzten sich zu ihm und nun waren sie zu viert auf der Schaukel direkt unter der großen Kiefer. Die Schaukel ächzte und knarrte. Und ganz schön eng war es auch.

„Also, ...“ – Opa wollte wahrscheinlich gerade mit einer Geschichte beginnen, aber Lyonel kam ihm zuvor.

„Könnt ihr euch vorstellen, dass die Sonne im Meer versinkt und dass sie schwimmen kann? Habe ich selbst gesehen.“ Lyonel war gespannt auf die Antwort und er lächelte dabei ganz leise, nur so in den Mundwinkeln. Er wusste ja, wie es war. Dass es nur so aussah, als tauche die Sonne ins Wasser. Und in Wirklichkeit ...

„Dumme Frage“, brüstete sich Henrik, „natürlich kann die Sonne schwimmen. Sie versinkt ja jeden Abend im Meer. Da bleibt ihr wohl nichts anderes übrig ...“

Hier griff Joschi ein, der ein wenig älter war als die beiden anderen, und brummte deutlich, aber bestimmt: „Quatsch, die Sonne kann nicht schwimmen. Niemals. Sie muss auch gar nicht, weil sie ja Millionen Kilometer von der Erde entfernt ist. Es sieht also nur so aus, als ob sie ins Meer eintaucht. Und außerdem ist sie so wahnsinnig groß, dass die Erde gegenüber der Sonne so klein wirkt wie eine Erbse in einem riesigen Kartoffelsack."

Opa nickte an dieser Stelle sehr einverstanden, und damit wäre das Thema eigentlich erledigt gewesen. Lyonel war mit seiner hintersinnigen Frage über die schwimmende Sonne ganz schön auf den Bauch gefallen, was aber auch kein wirkliches Wunder war. Es ist eben, wie es ist.

Sie saßen also zu viert auf der Schaukel bei Opa im Garten, als es plötzlich entsetzlich zu regnen anfing. Es pladderte nur so vom Himmel herunter und alle waren froh, dass sie unter der großen Kiefer nur ein paar Tropfen abkriegten. So schnell, wie der Regen gekommen war, so schnell hörte er auch wieder auf. Sommerregen.

Dann sahen sie auf einmal das Ergebnis dieser kleinen Dusche. Drüben, hinter der Rotbuche, konnte man es ganz deutlich sehen, vor der dunklen Wolkenwand. Hell hob es sich ab vor dem grauen Hintergrund, ganz hell und grell: das breite Band eines Regenbogens. Es schien sehr nah zu sein und man konnte deutlich die einzelnen Farben unterscheiden: Rot, Orange, Gelb, Grün, Blau, Violett. Klar und deutlich und beinahe wie mit einem gebogenen Lineal gezogen oder wie mit einem Zirkel. Jede einzelne Farbe war deutlich zu erkennen und die drei Jungen rannten auf die Straße, auf die andere Seite des Hauses, damit sie den ganzen Regenbogen sehen konnten.

Opa kam langsam hinterher und dann sahen sie das wirkliche Ausmaß dieses seltenen Naturschauspiels. Der Regenbogen reichte von ganz unten auf der Erde bis fast in den Himmel und dann wieder runter auf die Erde. Die Farben schillerten nur so am Horizont und oben am Himmel. Und gegenüber von dem gewaltigen Regenbogen stand die Sonne am Himmel, als ob es nicht gerade eben noch heftig gepladdert hätte.

Henrik und seine beiden Vettern Lyonel und Joschi waren begeistert.

„Da müsste man raufklettern können – dann könnte man Erde und Sonne auf einmal sehen und das Firmament und die Unendlichkeit ...“ Henriks Fantasie drohte mit ihm durchzugehen.

Opa sagte zunächst gar nichts, aber als die beiden anderen auch damit anfingen, dass man eigentlich vom Regenbogen aus den Himmel erkunden könnte und ob man nicht wirklich einen Versuch wagen sollte, da bremste er seine übersprudelnden Enkel.

„Nun mal langsam, Kinder, versteigt euch nicht. Der Regenbogen ist nichts weiter als eine Lichtbrechung der Sonnenstrahlen nach einem heftigen Regen. Unzählige kleine Regentropfen werden von den Sonnenstrahlen beschienen, und das Licht wird in diesen kleinen Tröpfchen millionenfach zerlegt. Das nennt man Lichtbrechung. Und rund ist er deswegen, weil die Sonne auch rund ist und die Erde ebenfalls.“

Das wollten die drei Jungen aber eigentlich gar nicht wissen. Brechung und Strahlen und Regentropfen – das war ihnen in diesem Moment ziemlich egal. Sie interessierte etwas ganz anderes: Alle drei wollten unbedingt wissen, wo genau der Regenbogen anfing.

Sie konnten ganz deutlich erkennen, dass er da hinten, links hinter dem Wald, auf die Erde reichte und dass er dann steil hochstieg und auf der anderen Seite, hinter dem Siebengebirge, wieder auf den Boden zurückkam. Das konnte man deutlich sehen und sie wollten eigentlich nur wissen, wie man an den Anfang kam. Der Rest würde sich finden.

Opa merkte, dass er mit seiner nüchternen Erklärung dieses Mal bei seinen Enkeln nicht gelandet war.

„Was habt ihr vor?“, wollte er wissen.

Diesmal war es Lyonel, der es kurz und klar deutlich machte: „Wir wollen den Regenbogen erkunden. Wir wollen ihn anfassen. Wir wollen sehen, ob er eine Brücke in den Himmel ist. Wir wollen dahin."

Opa konnte es nicht glauben. Seine drei Enkel schienen auf einer Fantasiewolke zu schweben. Einen letzten Versuch machte er noch, als er ihnen zu erklären versuchte, dass jedes menschliche Auge den Regenbogen ein klein wenig anders sieht, dass der Regenbogen in seiner Form davon abhängt, wo der einzelne Betrachter steht, und dass der Regenbogen natürlich nicht fest am Himmel schwebt, sondern sich verändert, wenn der Beobachter seinen Platz verändert. Dass er entschwindet, wenn man ihm entgegenrennt. Dass er jedem entgleitet, der ihn zu fassen versucht. Dass der Regenbogen eine flüchtige Himmelserscheinung ist. Vergeblich.

Die Jungen wollten nichts mehr hören von Physik und Brechung und Entfernung und Beobachtungswinkel und Hauptbogen und Nebenbogen und Regenbogenfarben.

Es war, als hielten sie sich die Ohren zu.

Durch Kopfnicken verständigten sie sich schweigend. Sie wollten es jetzt wissen. Lyonel hatte den beiden anderen von seiner Nordlandreise erzählt, von der Sonne, die nicht unterging, vom Eismeer, von der Wolkenwiege im hohen Norden, vom plötzlichen Regen und von den gewaltigen Naturschauspielen, die jeden Betrachter gefangen nahmen. Die beiden anderen waren richtig neugierig geworden und auch ein wenig neidisch.

Aber jetzt hatten sie einen Regenbogen fast vor der Haustür. Opa konnte erzählen, was er wollte. Sie wollten der Sache jetzt auf den

Grund gehen. Sie machten sich auf zum Regenbogen, dorthin, wo er links hinter dem Wald den Boden berührte.

Sie rannten los und riefen im Laufen ihrem Opa zu, dass sie jetzt den Regenbogen erkunden wollten. Koste es, was es wolle.

Opa drehte sich um, schüttelte den Kopf und dachte sich, dass sie sicherlich gleich wiederkommen würden. Sie waren eben noch jung, seine Enkel. Ungestüm und voreilig, unbelehrbar und auch eigensinnig. Ziemlich.

Hier irrte Opa, und das nicht zum ersten Mal.

Opa, schau mal: eine Treppe

Sie rannten und rannten. Immer schneller rannten sie, damit sie auch nicht eine Sekunde verschenkten, bis sie zum Regenbogen kamen. Lyonel, der Kleinste und Jüngste, war schon beinahe außer Puste und musste sich sehr anstrengen, die beiden anderen, Joschi und Henrik, nicht zu verlieren.

Sie waren jetzt auf der Straße und hatten nur noch ein kleines Stück vor sich, die letzten Meter durch den Wald. Dann kam eine Wiese und am Ende der Wiese, direkt neben der Straße, da fing der Regenbogen an. Ganz deutlich konnten die drei sehen, wie sich die Buntheit des gewaltigen Regenbogens über die langen Grashalme stülpte.

Jetzt waren sie ganz nah dran. Fast konnten sie den Regenbogen berühren. Er glänzte in allen seinen Farben. Besonders kräftig war natürlich das Rot. Das Violett schimmerte dunkel und geheimnisvoll, das Orange glänzte warm und freundlich, während das Gelb fast kalt wirkte. Und dann das Grün: Es war noch leuchtender als das grüne Gras, noch intensiver als das Grün der Birkenblätter im Frühling, es war einfach unbeschreiblich grün. Es leuchtete, als wenn es Feuer wäre. Grünes Feuer. Fantastisch. Und schließlich das Blau. Es war noch blauer als der Himmel, beinahe unendlich blau.

Die drei Opa-Enkel waren so sprachlos und so hingerissen, dass sie fast vergaßen, warum sie überhaupt hergekommen waren. Der Regenbogen hatte sie gefangen genommen, noch ehe sie den Versuch gemacht hatten, ob sie ihn denn wirklich anfassen könnten oder ob er sich dann gleich auflösen würde in lauter kleine Wassertropfen, die sich auf die Wiese legten.

Das hatten sie nicht erwartet. Der Regenbogen stand wie auf einer schillernd bunten Säule am Rande der Wiese. Man konnte nicht erkennen, ob das ein Sockel war, ob er rund war oder eckig – irgendwie verschwammen die Ränder in dem bunten Farbenspiel. Und groß schien dieser Sockel zu sein, so groß wie ein Omnibus. Nicht eckig und nicht rund und gleichzeitig auch wieder beides. Eben regenbogig.

Es war der Kleinste, der als Erster die Sprache wiederfand: „Na, worauf warten wir noch? Vielleicht ist irgendwo eine Tür."

Die beiden anderen hörten kaum hin. Man konnte förmlich sehen, wie sie den Kopf zwischen den Schultern einzogen, weil sie kaum glauben konnten, was sie sahen. „Psst, sei still ..."

Ganz leise gingen sie einen Schritt nach vorn und fassten sich beinahe automatisch an den Händen. Noch einen Schritt. Jetzt waren sie direkt vor der Regenbogenwand. Es schien, als wäre sie aus Glas. Durchsichtig und farbig. Regenbogenglas. Henrik und Joschi lehnten sich mit ihrer freien Hand an die gläserne Wand – Lyonel hatten sie in der Mitte zwischen sich. Die Wand war fest und kalt. Sie drückten sich fast die Nasen platt an der Wand und versuchten zu erkennen, was wohl innen drin war. War es hohl? War es innen auch aus massivem Regenbogenglas? Oder gab es außen nur eine feste Kruste und innen war alles Glibber, bunter Glibber? Es war nicht zu erkennen.

Als Joschi gerade versuchte, seine Gedanken zu ordnen und zu überlegen, was man denn jetzt machen sollte, gab die Wand nach. Sie öffnete sich, und die drei fielen fast über ihre Füße, mitten hinein in einen herrlich kühlen, lichtdurchfluteten Raum.

Es verschlug ihnen die Sprache. Keiner brachte ein Wort heraus, alle drei waren stumm wie Fische. Und sie staunten. Mitten im Regenbogensockel, hell erleuchtet und in allen Farben glänzend, stand eine Treppe. Eine Wendeltreppe. Sie führte ein paar Meter nach oben auf eine Plattform, die man ganz deutlich erkennen konnte. Auch die Plattform war farbig und durchsichtig.

Es war wie im Traum. Joschi kniff sich heimlich in die Beine – es tat weh. Also träumte er nicht. Er ließ die beiden anderen los und fasste die Treppe an. Fest. Ganz fest. Und stabil.

Fast flüsternd verständigten sie sich, den Versuch zu wagen. Sie stiegen die Wendeltreppe nach oben, eine Stufe nach der anderen. Ganz langsam und ganz vorsichtig. Es hielt. Es ging gut. Und auch die Plattform hielt. Sie war ganz fest. Nicht mal rutschig oder glatt. Man konnte nach unten hindurchsehen auf das Gras und auf die Wiesenblumen. Die Jungs wackelten in den Knien und schuckelten ein wenig herum – nichts passierte. Alles fest.

Dann ging auf einmal alles sehr schnell. Auf der rechten Seite der Plattform bewegte sich das rote Band des Regenbogens wie eine Art Rolltreppe. Wie von magischer Hand angezogen, standen sie plötzlich alle drei auf dieser Rolltreppe und ab ging die Fahrt den Regenbogen hinauf. Sie konnten die Wiese unter sich erkennen, die Bäume, auch die Straße, die sie entlanggerannt waren, noch vor wenigen Augenblicken. Sie sahen sogar das Haus von Opa und Omama, aber sie konnten nicht ausmachen, ob Opa noch im Garten stand.

Ist auch egal, dachten die drei und fuhren den Regenbogen hinauf und hinauf und hinauf, immer weiter hinauf, noch höher, dass ihnen beinahe schwindelig wurde. Aber nur beinahe. Sie konnten auf der Erde unter sich alles auf einmal sehen – den großen Fluss, die Berge, die Straßen und Wälder, die Wolken gegenüber am Himmel und jetzt sogar das Meer ganz hinten am Horizont. Die kleinen weißen Tüpfelchen auf dem Wasser, das mussten Wolken sein.

Sie waren inzwischen so hoch über der Erde, dass sie keine Einzelheiten mehr erkennen konnten. Was eben noch Bäume gewesen waren, das war jetzt nur noch ein grüner Fleck. Eigentlich gar nicht mehr richtig grün – nur dunkel.

Die Fahrt auf dem roten Teil des Regenbogens ging weiter und weiter, höher und höher. Sie hatten Raum und Zeit verloren und fühlten fast, als hätten sie einen Zipfel der Unendlichkeit erwischt.

Sie wollten gerade vor lauter Begeisterung laut schreien oder juchzen oder wenigstens irgendwas Verrücktes tun, da sahen sie vor sich einen dunklen Punkt. Er wurde schnell größer. Es sah aus wie ein riesiger Pilz und je näher sie kamen, desto deutlicher wurde das Ding. Schließlich war es kein Ding, sondern eine Gestalt mit einem großen schwarzen Mantel. Die Haare unter einer Kapuze verborgen, die Hände in den Ärmeln versteckt, das Gesicht voller Falten und mit einem Lächeln, das fast von Ohr zu Ohr ging. Freundlich und herzlich.

Diese Gestalt sagte zu den drei Kindern: „Steigt ab. Kommt zu mir und ruht euch ein wenig aus, ich mache euch Platz auf meinem Mantel. Ich bin die Regentrude und ich habe schon lange auf euch gewartet ...“

Opa, wir grüßen dich aus dem Wassertropfen

Die Regentrude. Sie waren tatsächlich bei der Regentrude gelandet, Joschi, Henrik und Lyonel, auf ihrer Reise auf dem Regenbogen. Hoch oben saß sie mit ihrem schwarzen Umhang auf einer kleinen Ausbuchtung genau an der Stelle, wo der Regenbogen am höchsten war.

Sie kannten die Regentrude aus den Geschichten, die der Opa ihnen vorgelesen hatte. Sie wussten, dass die Regentrude den Regen machen konnte, dass sie Wolken hin und her schob, dass sie so etwas war wie eine gute Fee. Aber nur im Märchen, hatten sie gedacht, eine Märchenfee wie die gute Fee mit den drei Wünschen oder wie Frau Holle, die den Schnee macht.

Nun saßen die drei auf dem Mantel von der Regentrude und es gab sie wirklich. Hier oben auf dem Regenbogen. Sie konnten sie anfassen und merkten dabei, dass ihr weiter Umhang irgendwie ein bisschen feucht war, so leicht neblig – wie wenn Wassertropfen in Spinnweben hängen.

Und auf einmal konnten Lyonel, Henrik und Joschua wieder sprechen. Die ganze Anspannung der bisherigen Reise war wie weggeblasen – die Regentrude war milde und freundlich und ermunterte sie mit ihrer tiefen Stimme, alles zu fragen, was sie wissen wollten.

„Woher kommt der Regen?“, wollte Joschi wissen, „Machst du ihn hier oben? Und wie machst du ihn?“

„Und wie kommt er zu uns und was ist ein Wolkenbruch und was ist, wenn es pladdert, und was ist ein Blizzard?“ – hier wollte Henrik noch weiter ganz viel fragen, aber die Regentrude legte ihm die Hand auf den Arm: „Langsam, Junge, langsam. Eins nach dem anderen und vielleicht noch ein wenig mehr dazu.“

Sie rutschte ein Stückchen auf die Seite und zeigte mit dem linken Arm nach unten auf die Erde, in Richtung Nordpol, den man ganz deutlich an seiner weißen Eiskappe erkennen konnte.

„Seht ihr dort unten das Meer unter dem Nordpol? Das ist das Eismeer. Lyonel war mit eurem Opa gerade erst in der Gegend.“

Die Jungen wunderten sich keineswegs, woher die Regentrude das wusste.

„Da im Eismeer ist die Wolkenwiege ...“

Joschi unterbrach sie hastig: „Wolkenwiege? Was ist das denn? So was wie eine Schaukelwiege für kleine Kinder?“

„Warte ab, mein Junge“, sagte die Trude freundlich.

„Wolkenwiege nennt man die Gegend auf der Erde, wo die Wolken entstehen. Wo sie geboren werden. Wo sie wachsen können. Das ist das Eismeer. Wenn die Kollegin Sonne da draufscheint, dann verdunstet das kalte Wasser, es bildet sich Nebel und der wird zu Wolken, und diese Wolken, die steuere ich dann dahin, wo es regnen soll.“

Joschi nickte und Lyonel auch. Nur Henrik war noch nicht zufrieden. Er wollte mehr wissen von Wolkenbruch und Platzregen und Blizzard und Taifun und Hurrikan und auch von Landregen und von Überschwemmungen.

Die Regentrude hatte eine unendliche Geduld. Sie erklärte den Wolkenbruch am Beispiel eines zu vollen Bechers – wenn man nicht aufpasst, dann schwappt er über. Genauso schwappt eine Wolke über, die zu voll ist mit Regentropfen. Und die Stürme wie Taifun, Hurrikan oder Blizzard – die entstehen aus riesigen Wolkenmassen, die ihr Kollege Wind über den Ozeanen vor sich hertreibt und zu riesigen Türmen aufbauscht und die dann irgendwann ihre Wassermassen ausschütten. Allerdings – bei Blizzard ist es Schnee, weil er nur im Winter vorkommt.

Und bei den Überschwemmungen musste die Regentrude zugeben, dass sie nicht richtig aufgepasst hatte – da waren zu viele Wassertropfen hineingeraten in die Wolken, und die hatten sich zur Unzeit entleert, weil sie übergeschwappt waren. Es tue ihr Leid, sagte sie, und sie wolle sich bemühen, dass es nicht wieder vorkommt. Aber schließlich müsse sie auch mal was essen, und da könne es schon mal sein, dass sie unaufmerksam ist ...

Joschi, Henrik und Lyonel redeten noch lange mit der Regentrude und immer neugieriger wurden sie bei allem Gerede darauf, wie denn nun eigentlich ein Wassertropfen funktioniert und wie er zu Regen oder Schnee wird. Oder zu einem Regenbogen, auf dem sie ja schließlich heraufgekommen waren.

Die Regentrude lächelte geheimnisvoll, nahm die drei Jungen fest unter ihren weiten Mantel und flüsterte: „Wie wäre es, wenn ihr jeder eine Reise in einem Wassertropfen machtet? Dann könnt ihr selbst erleben, wie es geht und wo und wie die Wolken sich ausschütten und wie das Wasser auf die Erde kommt und wie es sich verteilt."

„..."

Wortloses, ungläubiges Staunen bei allen dreien. In einen Wassertropfen? Das geht doch gar nicht. Dazu sind wir doch viel zu groß – sie dachten alle drei dasselbe.

Da zog die Regentrude aus den Weiten ihres Umhangs ein kleines Fläschchen und hielt es gegen die Sonne. Man konnte eine bernsteinfarbene Flüssigkeit erkennen, hell und klar und leicht gelblich.

„Das sind die Kleinermacher-Tropfen. Wer sie mit einem Stück Zucker nimmt, wird augenblicklich so klein, dass er in einen Wassertropfen hineinpasst. Wollt ihr es mal versuchen?"

Das musste die Trude nicht zweimal sagen. Sofort waren alle drei dabei und wollten am liebsten gleich davon trinken, ohne Zucker und ohne Messbecher und ohne alles. Nur los!

Die Regentrude freute sich über die Begeisterung der Regenbogenwanderer. Sie erklärte ihnen, wie es geht:

„Ihr bekommt jeder fünfzehn Tropfen auf ein Stückchen Zucker." Sie holte gleich mehrere Würfel aus einer ihrer zweiundfünfzig Taschen. „Das lutscht ihr runter und dann werdet ihr in wenigen Minuten so klein, dass ihr in einen Regentropfen hineinklettern könnt. Ihr stellt euch am besten hier an den Rand der kleinen Ausbuchtung, direkt neben mich. Da unten neben euren Füßen könnt ihr ein paar Regentropfen sehen. Die sind vorbereitet – da ist eine kleine Bank drin, damit man sitzen kann, und neben der Bank ist ein Hebel. Den müsst ihr umlegen – dann bildet sich um den Wassertropfen herum eine Kristallschicht, die verhindert, dass der Tropfen platzt. Damit kommt ihr garantiert heil unten auf der Erde an. Es könnte sogar sein, dass einer von euch als Schneeflocke unten ankommt – wer weiß ...“

Die drei Opa-Enkel schauten erst nach unten, dahin, wo die Wassertropfen sein sollten. Sie konnten sie tatsächlich in der Sonne blinken sehen. Dann schauten sie der Regentrude ins Gesicht, weil sie vielleicht nur einen Scherz gemacht haben könnte. Vielleicht lachte sie sich jetzt halb tot. Aber nein, die Trude war ganz freundlich und auch ein wenig ernst. Sie schien wirklich zu glauben, dass die Sache mit den Tropfen das Selbstverständlichste von der Welt sei.

„Ich will es versuchen!“ Lyonel war zwar der Kleinste und der Jüngste, aber immer vorneweg, wenn es etwas Besonderes gab. Das war schon immer so gewesen. Lyonel konnte immer alles, wollte immer alles und versuchte immer alles. Und meistens klappte es auch.

Die beiden anderen sahen sich an, und schließlich waren sie alle drei einverstanden. Sie wollten es versuchen, so klein zu werden, dass sie in einen Regentropfen hineinkrabbeln konnten.

Joschi wollte auf jeden Fall in der Schneeflocke sein und meldete seinen Wunsch schon mal an.

Aber die Regentrude wehrte gleich ab: „Ob überhaupt einer von euch in einer Schneeflocke nach unten schwebt, das entscheidet sich erst auf dem Weg hinunter auf die Erde. Vielleicht trifft es einen von euch, vielleicht alle drei, vielleicht gar keinen. Das hängt von der Windrichtung ab und auch davon, ob mein Kollege Frost gerade Zeit hat für ein wenig Kälte, jetzt, mitten im Sommer. Aber vielleicht klappt es ja.“

Jetzt also war der große Moment gekommen. Jeder nahm aus der

Hand der Regentrude ein Stück Würfelzucker. Es schimmerte leicht gelblich – also waren die Tropfen zum Kleinerwerden schon darin. Als Henrik gerade eins in den Mund nehmen wollte, da rief die Trude sehr energisch: „Halt! Stopp! Ihr wisst ja noch gar nicht, wie ihr wieder größer werden könnt, wenn die Reise im Regentropfen vorbei ist."

Um Himmels willen – das hätten sie beinahe vergessen. Wird man automatisch nach einiger Zeit wieder größer oder muss man wieder was einnehmen und woher bekommt man das? Wichtige Fragen, an die sie in ihrer Aufregung gar nicht gedacht hatten. Gut, dass die Regentrude so ruhig geblieben war.

„Also – wenn ihr unten angekommen seid", fuhr sie fort, „dann werdet ihr mit vielen vielen anderen Wassertropfen zusammenkommen. Wahrscheinlich in einem großen Fluss. Der fließt ins Meer. Wahrscheinlich in die Nordsee. Und dann gibt es eine besondere Stelle in der Nähe der Insel Helgoland, da ist wieder so eine Regenbogentreppe, wie ihr sie auf der Wiese vor dem Haus eures Opas gefunden habt. Von dort könnt ihr wieder zu mir heraufkommen, und ich kann euch die Größermacher-Tropfen geben und ihr findet wieder nach Hause zurück."

Das war eine sehr lange Rede von der Regentrude und die Jungen konnten es jetzt wirklich nicht mehr erwarten, das Zuckerstückchen in den Mund zu stecken. Vorsichtig rutschten sie mit den Füßen ein bisschen näher ran an die kleinen Wassertropfen auf dem Regenbogenrand und – schwupp – waren die geheimnisvollen Zuckerwürfel verschwunden. Verschluckt. Auf der Zunge zerschmolzen.

Joschi, Henrik und Lyonel spürten ein komisches Kribbeln, zuerst auf der Zunge, dann im Hals, dann im Bauch und schließlich an Hän-

den und Füßen, in den Armen und Beinen und überall. Sie schnurrten in sich zusammen und sahen die Regentrude nur noch als riesigen schwarzen Schatten über sich. Dann landete jeder ganz sanft neben einem großen durchsichtigen Etwas – das mussten die Wassertropfen sein.

Sie sahen sich an und lachten. Jeder stand neben einer Kugel aus Wasser, die so groß war wie sie selbst. Eben hatten die Wassertropfen noch ganz klein und winzig ausgesehen, und jetzt diese Verwandlung!

Lyonel war wieder mal der Erste. Er trat einfach mit der Fußspitze gegen die Hülle des Wassers, und siehe da – es tat sich ein kleiner Spalt auf und Lyonel war drin. Er winkte noch, ehe er sich auf die kleine Bank setzte und an der Seite an dem Hebel rumfummelte, so wie die Regentrude es ihnen erklärt hatte. Da knirschte es und der Wassertropfen überzog sich mit einer klaren und festen durchsichtigen Schicht. Und im selben Augenblick gab es einen Ruck und der Wassertropfen mitsamt Lyonel war verschwunden. Weggeflogen. In einer hellen Wolke aus Dunst und Nebel aufgesogen und unterwegs in Richtung Erde.

Die beiden anderen beeilten sich, ebenfalls ihre Plätze zu suchen und den Hebel neben der Bank umzulegen, damit der Wassertropfen mit der Kristallschicht überzogen werden konnte. Und ab ging die Post, hinunter auf die Erde.

Jeder schwebte für sich allein, inmitten einer riesigen Menge anderer Wassertropfen. Man konnte nicht erkennen, ob irgendwo sonst noch jemand drinsaß. Es war jedenfalls angenehm, so zu schweben. Auch war es keineswegs kalt – eigentlich temperaturlos.

Die Wassertropfen mit den drei Jungen schwebten und schwebten wie die Gondeln am Riesenrad auf der Kirmes – nur eben nicht im Kreis, sondern mal hierhin, mal dahin.

Es schaukelte schon eine ganze Weile so sanft und freundlich, und jeder von den dreien wünschte sich, dass sie bald landen könnten auf der Erde. Auf einmal wurde es dunkel um sie herum, es wackelte und schaukelte ganz entsetzlich und alle drei Tropfen mit den Opa-Enkeln wurden durcheinander geschüttelt wie verrückt. Das musste eine von diesen dicken Regenwolken sein, in die sie geraten waren. Festhalten konnten sie sich nicht, aber sie merkten, dass ihre Wassertropfen stabil waren – sie schossen nicht kopfüber hin und her, sondern blieben immer aufrecht. Das musste an der Bank liegen, auf der sie saßen oder an der Kristallhaut. Wie Stehaufmännchen kamen sie immer wieder mit dem Kopf nach oben.

Jetzt wurde die Fahrt auch spürbar schneller. Es war wie in einem Fahrstuhl und ging mit rasender Geschwindigkeit nach unten. Hoffentlich wurde ihnen nicht schlecht. Die Wassertropfen mit den drei Opa-Enkeln vereinigten sich mit vielen vielen anderen Wassertropfen und bildeten mit ihnen zusammen tatsächlich eine riesige schwarze Wolke. Aber das konnten die drei Jungs nicht sehen – es war dunkel für sie und sie waren gespannt, wie es weitergehen würde. Jedenfalls waren sie auf dem Weg hinunter auf die Erde.

Opa, das Wunder ist greifbar

Henrik saß ganz still auf seiner kleinen Bank in dem Wassertropfen. Er hatte nach draußen sehen können und vermutet, dass er mitten in einer Wolke steckte. Alles war grau in grau. Einzelheiten waren nicht erkennbar. Es war wie im Nebel auf der Erde, wenn man die andere Straßenseite nicht mal mehr sehen konnte.

Schließlich fiel er mit unzähligen anderen Wassertropfen heraus aus der nebligen Wolkenumgebung und sauste hinunter in Richtung Erde. Es konnte ihm ja glücklicherweise nichts passieren, weil er in einem bruchsicheren Wassertropfen saß.

Auf einmal wurde die Geschwindigkeit spürbar langsamer, rechts und links von ihm bildeten sich schmale weiße Stege. Dann saß er mittendrin in einem Geflecht von durchsichtigen und halb durchsichtigen Eisklumpen, die alle miteinander verbunden waren. Er merkte schnell, dass sich sein Wassertropfen in eine Schneeflocke verwandelt hatte – und das lange vor Winteranfang. Unter sich sah er Berge und Wälder und plötzlich schoss es wie ein Blitz durch seine Schneeflocke: die Sonne.

Sie schickte ihre Strahlen durch die Wolken hindurch, nur für einen kurzen Augenblick, aber es reichte, um seine Schneeflocke ganz hell zu erleuchten, wie von tausend kleinen Lämpchen. Und jetzt merkte er auch, dass die kleinen Stege und Knoten und Klümpchen um ihn herum

glitzerten wie helle Sterne.
Er musste die Augen schließen, so hell und grell war es.

So schnell, wie der Sonnenblitz gekommen war, so schnell war er auch wieder weg. Henrik schwebte jetzt ganz langsam auf die

Erde zu, konnte rechts und links von sich Tausende und Abertausende von kleinen und großen Schneeflocken sehen. Sie tanzten hier und da sogar auf und ab, sie schienen das Herabschweben zu verzögern, als wollten sie möglichst lange in der Luft bleiben. Er hatte den Eindruck, es mache den Schneeflocken Spaß, so herumzutaumeln. Ihm jedenfalls gefiel das Ganze außerordentlich.

Schließlich landete er ganz weich auf moosigem Untergrund, gemeinsam mit den anderen. Aber schon nach wenigen Augenblicken waren die Stege und Kristalle um ihn herum verschwunden – er saß wieder in seinem ganz normalen Wassertropfen. Das heißt – normal war sein Tropfen ja nicht. Er hatte die unzerbrechliche Kristallhaut, die ihn beschützte.

Wo er gelandet war, wusste er nicht – jedenfalls auf der Erde und auf einem Berg. Hoffentlich nicht auf der Zugspitze – wie sollte er von da je wieder runterkommen? Vielleicht war er ja irgendwo im Harz gelandet, vielleicht auf dem Brocken. Er wollte das später auf der Landkarte nachsehen.

Jetzt jedenfalls hing er in seinem Wassertropfen in einem krisseligen Moosgeflecht. Er rutschte nach unten, wo noch andere Wassertropfen waren, und konnte sehen, dass nebenan quirliges Treiben herrschte. Lebewesen mit haarigen Füßen, mit Schlangenschwänzen, mit Fächern an der Seite, mit länglichen und runden Körpern, rudernd, schwimmend, schlängelnd und stumm. Alle diese Lebewesen waren offenbar ihrerseits in den Wassertropfen eingeschlossen. Er hatte so etwas noch nie gesehen. Erst jetzt, wo er selbst so klein war wie ein Wassertropfen, da wurde ihm bewusst, wie lebendig das scheinbar klare Wasser war, das sie normalerweise mit der Hand aus dem Wasserhahn tranken oder aus einem klaren Bach im Gebirge. Interessiert betrachtete er das Leben neben ihm. Ein Wesen fiel ihm besonders auf. Der ganze Körper war über und über mit kleinen Flimmerhärchen besetzt, er war fast durchsichtig und bewegte sich ruckartig vorwärts und rückwärts. Fast konnte man meinen, dass es die Form eines Badelatschens hatte, und Henrik erinnerte sich, dass er im Biologieunterricht mal was von Pantoffeltierchen gehört hatte, die so klein waren, dass sie sich von Bakterien ernähren konnten. Offensichtlich war er jetzt einem solchen Pantoffeltierchen begegnet.

Gebannt schaute er hinüber zu den anderen Wassertropfen. Er entdeckte dünne Fädchen, beinahe durchsichtig und leicht grünlich schimmernd. Das mussten Algenfäden sein, die im Sommer, wenn es ganz heiß ist, das Wasser grün färben. Hier waren sie offenbar noch ganz klein und jung. Und noch ein merkwürdiges Wesen hatte er jetzt ausgemacht – es sah aus wie eine kleine Gurke und hatte hinten dran so etwas wie eine Peitsche. Damit wedelte das Wesen dauernd hin und her und kam auf diese Weise voran. Das konnte nur ein Geißeltierchen sein. Zu Hause hatte er ein Buch, da konnte er es nachschlagen. Ein Glück, dass diese vielen kleinen Lebewesen nicht in seinen Wassertropfen kriechen konnten. Wer wusste, ob sie nicht gefährlich werden konnten.

Da sah er neben sich, auf der anderen Seite, ein ganz besonderes Tier. Es hatte auf seinem runden Körper lauter lange dünne Nadeln und Arme, die wie Bänder aussahen. Im Licht schimmerte das Fabelwesen prächtig und Henrik musste immer wieder hinsehen. Das konnte nur ein Sonnentierchen sein – jetzt verstand er auch, warum es so heißen musste. Es sah aus wie eine Sonne und hatte Strahlen, die im Licht glänzten.

Es war so interessant um ihn herum, dass er gar nicht gemerkt hatte, dass er inzwischen längst nicht mehr im Moos hing, zwischen den kleinen Blättchen und Ästchen. Er schwamm mitten im Wasser, und das war höchst vergnüglich. Offenbar befand er sich in einem Bach. Vielleicht wurde dieser Bach ja irgendwann ein Fluss, der wieder in einen Fluss mündete und dann das Meer erreichte. Die Nordsee. Die Regentrude hatte was von Helgoland gesagt. Man wird sehen, dachte sich Henrik und fing leise an, im sanften Schaukeln des Wassers mitzuschwingen.

Und die beiden anderen? Sie waren nicht in einer Schneeflocke auf die Erde gefallen, sondern als ganz normale Regentropfen. Joschi war schnurstracks im Wannsee in Berlin gelandet, unmittelbar an der Stelle, wo der große Badesee in die Havel übergeht. Er hatte kaum gemerkt, wie er in seinem Tropfen auf das Wasser klatschte. Es hatte nicht gespritzt – er war einfach eingetaucht. Die kleine Bank hatte gehalten und seine Hülle um den Wassertropfen herum ebenfalls. Aber was war das für eine Fahrt gewesen aus der Wolke hinunter auf die Erde! Er war beinahe senkrecht heruntergekommen, um ihn herum Tausende und Millionen und Milliarden anderer Tropfen. Er hatte fast nichts erkennen können – es war alles sehr schnell gegangen. Dafür war es jetzt am Anfang der Havelreise fast gemütlich.

Lyonel war auch gelandet – allerdings weiter flussabwärts in der Havel. Kaum war er unten, da wurde es ganz schwarz um ihn

herum. Es gurgelte und schwülpte und brodelte und dann bekam er nach einem Moment der Dunkelheit einen Stoß und war wieder im freien Wasser. Er konnte sich denken, was das gewesen war: Er war durch die Kiemen eines Fisches gesaust.

Sehen konnte er allerdings nichts. Genauer gesagt: fast nichts. Dafür war es zu trübe im Wasser. Aber was er sah, das nahm ihm fast den Atem.

Direkt neben ihm hatten sich die Millionen und Milliarden Wassertropfen zu einem Wasserschwall vereinigt, zu einem Fluss. Und er saß in seiner Kapsel mittendrin. Er konnte jetzt erkennen, warum es um ihn herum so trübe war. Viele kleine dunkle Teile schwammen mit ihm, Erdreste, Asche, Dreck, aber auch viele kleine Tierchen, etwa so groß wie er selbst jetzt war. Manche hatten Füße und Fühler, manche hatten gar nichts und bewegten sich wie Blätter, manche waren verwachsene Gebilde, grün und fadenförmig – es war ein unglaubliches Gewimmel.

Lyonel war noch ganz benommen von seiner unfreiwilligen Reise durch die Kiemen eines Fisches. Er musste erst mal wieder zur Ruhe kommen – es war alles so schnell gegangen – und dann war er plötzlich wieder im freien Wasser und sortierte das, was um ihn herum geschah. Direkt über sich schwamm ein längliches grünes Etwas und bewegte sich dabei hin und her. Neugierig wie er war, versuchte er, seine Kristall-Kapsel zu verlassen. Er fummelte an dem Hebel neben seinem Sitz herum, und auf einmal war er mittendrin in dem Grünzeug. Sein Wassertropfen hatte ihn freigegeben.

An Füßen und Armen spürte er, wie sich glibberige Teilchen an ihn heranmachten. Er versuchte, sich von dem Zeug loszumachen, aber je mehr er strampelte, desto fester zogen sich die vielen kleinen Fädchen um ihn herum an seinen Armen und Beinen zusammen.

„Ruhig bleiben“, dachte er und machte sich erst mal ganz steif. Er wollte nichts verfusseln von diesen ekligen, glitschigen, grünen Fädchen, die wirklich unangenehm schmierig waren.

In einer Hosentasche musste das Messer sein, das ihm Opa zum letzten Geburtstag geschenkt hatte. Es war hoffentlich mit ihm gemeinsam kleiner geworden. Er suchte und fand wirklich in seiner linken Hosentasche das Taschenmesser. Schnell aufgeklappt und vorsichtig ein Fädchen nach dem anderen durchgetrennt.

Das war gar nicht so leicht – es kamen immer wieder neue Teile herangekrochen und Lyonel musste sehr vorsichtig zu Werke gehen. Erst nach einer ganzen Weile war er wieder so weit beweglich, dass er sich um seinen Wassertropfen kümmern konnte. Aber, Schreck lass nach, wo war das Ding? Wo war seine wunderbare Kristallhülle, die ihn bisher beschützt hatte?

Glücklicherweise hatte er sich an dem Sitz festgeschnallt und den Gurt auch nicht gelöst, als er an dem Hebel gefummelt hatte. Jetzt musste er nur erneut an dem Hebel neben seinem Sitz ziehen und vielleicht würde sich ja die Kristallhülle wieder bilden.

Gedacht – getan. Es knirschte und knackte, Lyonel konnte es ganz deutlich hören, und er war wieder in seiner sicheren Wassertropfenkapsel. Die Tentakel von außen, wie glitschig sie auch sein mochten, konnten ihm nichts mehr anhaben.

Er sah jetzt mit ganz anderen Augen nach draußen und konnte die vielen kleinen Teilchen unterscheiden. Teils waren es Dreckfäden, teils Algen, manchmal auch schillernde Benzinreste oder Ölrückstände. Und er mittendrin. Jetzt verstand er auch, warum das Wasser in vielen Flüssen trübe war – es war schlicht voll mit Müll. Trüber, undurchsichtiger Müll. Der schwebte mit dem Wasser einfach mit und machte es undurchsichtig.

Auch Joschi war mit seinem Wassertropfen inzwischen in die Havel gespült worden. Er machte sich Gedanken, was mit den beiden anderen wohl sein mochte. Ob sie auch unten angekommen waren? Er konnte ja nicht einfach rufen oder mit dem Handy telefonieren oder winken – er konnte nur warten, dass sich irgendetwas ereignete, was sie wieder zusammenführte. Die Regentrude hatte etwas von Helgoland gesagt – soweit er sich erinnerte, war das eine Insel mitten in der Nordsee. Na, mal sehen.

In der Zwischenzeit war Henrik in seinem Bach weiter bergab gespült worden. Er kam in einen größeren Fluss, der sich an dicken Steinen vorbeizwängte, und schließlich landete er in einem ruhigen großen See. Aus der Schule wusste er, dass das vielleicht die Oker-Talsperre sein konnte, die mitten im Harz-Gebirge lag. Aber genau wusste er es nicht.

Ehe er sich weitere Gedanken machen konnte, zog es ihn in einen gewaltigen Strudel. Er drehte sich immer schneller um sich selbst, das Wasser schäumte wie wild und er stürzte schließlich durch eine enge Röhre unendlich weit in die Tiefe. Unter Donnergetöse wurde er als Teil mächtiger Wassermassen durch einen glänzenden Schacht gepresst

und in hohem
Bogen weit in die
Luft geschleudert.
Schließlich landete er in
seinem bruchsicheren Tropfen wieder
in ruhigem Wasser.

Was war das gewesen? Ein Wasserfall? Eine Explosion? Oder war er vielleicht doch in eine Talsperre geraten und soeben durch die Turbine geschleudert worden? Ein Glück, dass er so klein war, dass er überall durchflutschen konnte.

Was Henrik nicht wissen konnte, weil er einfach zu klein war um es zu erkennen – er war tatsächlich durch eine Wasserturbine geschleudert worden.

Wasserturbinen stehen unten an den Talsperren und haben am oberen Ende viele kleine und große Schaufeln. Wie Wasserräder. Das Wasser wird durch ein dickes Rohr auf diese Räder und Schäufelchen geleitet, und weil es von oben herunterfällt, hat es eine ungeheure Wucht. Mit der damit verbundenen Kraft bewegt das Wasser die Schaufeln. Diese Schaufeln sitzen auf einer Achse, die sich dreht, und so wird mit dieser schnellen, kraftvollen Bewegung eine Maschine angetrieben, die Strom erzeugt.

So entsteht Strom aus Wasserkraft, und Henrik war mit seinem Wassertropfen mittendrin. Das musste er auf jeden Fall Opa erzählen. Und das Tollste war – er saß immer noch aufrecht in seinem Wassertropfen. Obwohl er in der Turbine ganz schön durchgeschüttelt worden war – er war froh, dass er da wieder heil herausgekommen war. Die Regentrude hatte offenbar dafür gesorgt, dass er immer mit dem Kopf oben bleiben konnte.

Opa, Hilfe – wir haben uns verirrt

Die drei Opa-Enkel schipperten inzwischen jeder für sich in ihren höchst sicheren Wassertropfen irgendwo in einem Fluss. Keiner wusste vom anderen, wo er war, und jeder hoffte, dass dieses Abenteuer schließlich ein gutes Ende nehmen würde. Lyonel saß wieder sicher in seiner Wasserkapsel, Henrik ebenfalls – er hatte sein Wasserturbinenabenteuer gut überstanden. Auch Joschua Elias saß auf seinem kleinen Bänkchen und wartete, wohin die Reise gehen würde. Er hatte außer den unbedeutenden Wellen im Wannsee nichts Besonderes erlebt – bisher jedenfalls.

Es war klar, dass alle drei immer weiter in den Gewässern schwimmen würden, in die sie hineingespült worden waren. Joschi sah nach draußen. Das Wasser war zwar trüb, aber er konnte erkennen, dass er mitten in einem Fluss schwamm, weil das Ufer recht nahe war. Als er gerade ein wenig eingedöst war von dem ruhigen Geschaukel in seinem Wassertropfen, da klatschte es plötzlich direkt neben ihm. Eine Möwe war gelandet und hatte das Wasser aufgespritzt. Sie schüttelte ihre Federn und schien richtig baden zu wollen. Sie tauchte vorn und hinten unter, sie breitete ihre Flügel aus und schließlich tauchte sie mit ihrem ganzen Kopf ins Wasser und ehe Joschi sichs versah, hatte die Möwe ihn offenbar verschluckt. Mit vielen anderen Wassertropfen gemeinsam. Er konnte überhaupt nichts mehr sehen – stockfinster war es um ihn herum. Jetzt hatte Joschi zum ersten Mal Angst. Ob das wohl gut gehen würde?

Joschi merkte nicht einmal, dass die Möwe wieder aufflog und sich von dem Fluss entfernte, Richtung Norden. Sie flog und flog, immer weiter flog die Möwe, bis sie schließlich hoch über dem Meer war. Da machte es klacks, die Möwe schiss, und Joschi flog in seinem Wassertropfen in hohem Bogen ins offene Meer.

Jetzt konnte er nur noch hoffen, dass es auch das richtige Meer war und er irgendwann auf Helgoland ankommen würde. Jedenfalls bewegte er sich oben auf den Schaumkronen der Wellen und hielt still.

Nach einer ganzen Weile hörte diese keineswegs unangenehme Reise auf den Wellen auf und er landete irgendwo auf einem Stück Felsen, mitten im Meer. Ob das die Endstation war?

Henrik und Lyonel waren jedenfalls weit und breit noch nicht zu sehen, und Joschi beschloss, erst mal zu warten.

Die beiden anderen saßen in ihren Wassertropfen und schwammen in Richtung Meer. Sie waren beide eingeschlafen und bemerkten nicht, dass der Fluss, in dem sie sich befanden, immer größer geworden war, dass er an Städten und Dörfern vorbeiführte und dass auf dem Fluss Schiffe fuhren, die sie höchstens von unten hätten sehen können. Irgendwie verloren sie jede Orientierung, sie gaben es auf, in Stunden oder Minuten zu denken, sie waren einfach nur Teil eines großen Wassers.

Als sie nach einer kleinen Unendlichkeit wieder aufblickten, sahen sie beide, ohne voneinander zu wissen, dass sie sich offenbar auf dem Meer befanden. Sie tänzelten auf den Schaumkronen der Wellen und fanden das beide recht vergnüglich.

Schließlich wurden sie – welch ein Zufall – auf ein Stück Felsen gespült, mitten im Meer. Sie landeten beide gleichzeitig und stiegen aus ihrem Wassertropfen aus.

„Ja, was ist denn das?“ Joschi stand keine zwei Schritte neben ihnen und konnte es kaum fassen, dass die beiden gerade neben ihm gelandet waren. Das grenzte an Zauberei.

Und schon überfielen sich die drei Jungen gegenseitig mit ihren Erzählungen und jeder hatte noch ein Stückchen mehr erlebt als die anderen. Sie konnten gar nicht genug bekommen von den Ungeheuerlichkeiten unter und über Wasser, vom Wolkenflug und den Lebewesen in den anderen Wassertropfen, von Joschis Erfahrungen mit der Möwe, von Lyonels Fischerlebnissen, von der Turbine, durch die Henrik geschleudert worden war. Sie vergaßen Zeit und Stunde und dachten nicht im Traum daran, dass sie ja auch irgendwie zurückmussten.

Alle drei jedenfalls waren überwältigt von dem, was sie erlebt hatten. Es war wie im Traum und doch war es Wirklichkeit. Sie konnten sich anschauen, sie konnten sich anfassen – es stimmte alles.

Es stimmte aber auch, dass die drei Opa-Enkel noch immer ganz ganz klein waren, dass sie wie von Zauberhand auf die Insel Helgoland gespült worden waren und dass sie nun auf einem kleinen Stückchen Felsen standen, unmittelbar unter der langen Anna, dem großen schlanken Felsen am Rande der Insel.

Es war Henrik, dem plötzlich einfiel, dass sie hier nicht ewig stehen bleiben konnten. Das Meer schäumte wie verrückt, direkt warm war es auch nicht und irgendwie musste es weitergehen.

„Und jetzt?“ – alle drei fragten es gleichzeitig.

Grüße
von
Helgoland

Eine neue Erfahrung für Opa

Vor ihnen das Meer, über ihnen der weite blaue Himmel, unter ihnen Felsen. Joschua, Henrik und Lyonel befanden sich wirklich nicht in einer komfortablen Lage. Sie waren noch dazu klein wie ein Wassertropfen und eigentlich recht hilflos. Henrik erinnerte die beiden anderen Opa-Enkel an die letzten Worte der Regentrude, die ihnen versprochen hatte, dass sie am Ende ihrer Reise wieder zurückfinden würden. Das Stichwort war Helgoland und sie waren ja offensichtlich auf der Insel angekommen.

In diesem Augenblick fing es draußen auf dem Meer heftig zu regnen an. Eine riesige grauschwarze Wolke schob sich vor die Sonne und machte den Himmel fast dunkel. Sie rückten ganz nahe zusammen, weil sie fürchteten, von den Regentropfen erschlagen zu werden, wenn sie auf sie herunterplatschen würden.

Aber – es war wie damals bei Opa auf der Schaukel unter der Kiefer. So schnell, wie der Regen gekommen war, so schnell hörte er auch wieder auf. Die Sonne leuchtete grell nach dem Regenguss, und plötzlich standen sie wieder mitten in den bunten Farben eines Regenbogens.

Das kannten sie – es war wieder so eine Art Regenbogentreppe, was sich da vor ihnen aufbaute. Voller Staunen verfolgten sie zu dritt, wie das Gebilde um sie herum immer fester wurde. Es schien sogar, als ob sich vor ihnen eine Öffnung aus der Buntheit auftat.

Dieses Mal war es Joschi, der Älteste, der die beiden anderen drängte etwas zu unternehmen. Er selbst ging vorsichtig nach vorn in Richtung der Öffnung und untersuchte die glatte Fläche. Er winkte den beiden anderen, und zu dritt versuchten sie herauszubekommen, was es mit der Öffnung auf sich haben mochte.

„Es ist eine Tür", vermutete Lyonel und suchte nach einem Griff.

„Quatsch, das ist eine richtige Fahrstuhltür – an diesem Knopf geht sie auf. Man muss nur die Hand drauflegen", bestimmte nun Henrik, und richtig – die Tür öffnete sich und alle drei wurden förmlich hineingezogen in das Innere des Regenbogens.

Es war jetzt alles durch und durch grün – auch ihre Gesichter waren grün, ihre Kleider, die Hosen, die Schuhe – alles. Wie Gespenster sahen sie aus. Sie konnten nichts mehr machen – alles, was jetzt geschah, ging automatisch. Sie wurden in dem grünen Licht hochgezogen, tatsächlich wie in einem Fahrstuhl, und sie konnten nur ahnen, dass sie sich auf dem Regenbogen in dem grünen Band immer schneller nach oben bewegten.

Als sie endlich ganz oben auf dem Regenbogen angekommen waren, da hatte die Regentrude schon auf sie gewartet. Dieses Mal hatte sie ein Fläschchen mit grüner Flüssigkeit in der Hand und spritzte einige Tropfen davon auf die drei Jungen, und sie spürten, wie es wieder in allen Gliedern kribbelte und krabbelte.

Nun standen sie wieder in ganz normaler Größe neben der Regentrude und mussten sich erst mal zurechtfinden.

Dann sprudelten sie alle drei auf einmal los und wollten der Regentrude von ihren Erlebnissen berichten, von den Tieren in den Wassertropfen, von den Wolken und der langen Reise und der Wasserturbine und vom Meer und von den Schaumkronen und vom Hängen im Moosgeflecht und vom Wannsee und von allem. Die Regentrude hörte sich alles geduldig an und lachte ihr beruhigendes, tiefes Lachen. Dann hängte sie sich ihren leicht feuchten Mantel um, stand auf und führte die Kinder an den Rand des Regenbogens.

„So, nun fahrt ihr erst mal wieder nach unten, nicht, dass euer Opa sich noch Sorgen macht, wo ihr denn so lange bleibt. Auf der linken äußeren Seite, da, wo das Blau anliegt, da geht die Rolltreppe nach unten. Und wenn ihr wieder auf der Erde seid, dann wisst ihr ja Bescheid, wie es weitergeht. Und grüßt mir euren Opa."

Damit verabschiedete sich die Regentrude und Joschi, Henrik und Lyonel fuhren nach unten auf einer richtigen Regenbogenrolltreppe.

Als sie bei Opa in den Garten stürmten, da stand er schon am Zaun und reckte sich den Hals, wo sie denn so lange blieben.

„Opa, Opa, wir waren auf dem Regenbogen. Und wir haben die Regentrude getroffen und wir waren im Meer und wir waren in einem Wassertropfen ... und wir haben ... und wir möchten ...", fast ging ihnen die Puste aus, so aufgeregt waren alle drei.

Opa konnte gar nicht beruhigend genug die Hände auf ihre Schultern legen und mit ganz tiefer Stimme brummen: „Wartet, Kinder, wartet, nicht so schnell und vor allem nicht alle auf einmal. Also, nun mal ganz von vorn – wen habt ihr getroffen? Die Regentrude? Ja, wart ihr denn im Theater?"

„Nein, nicht doch, nicht im Theater", widersprach Henrik, „wir haben sie in Wirklichkeit getroffen. Oben auf dem Regenbogen. Da hat sie einen ausgebauten Sitzplatz und da steuert sie die Wolken und da hat

sie auch das Fläschchen mit den Kleinermacher-Tropfen und da ist auch die Rolltreppe und der Fahrstuhl und alles."

Opa konnte nur den Kopf schütteln. Regentrude? Regenbogen? Fahrstuhl? Rolltreppe? Die Jungen mussten geträumt haben. Sie machten ja auch einen recht verschlafenen Eindruck. Das war sicherlich ein Traum gewesen, ein Sommertraum, hinten irgendwo im Wald.

Als er seinen Enkeln vorsichtig beizubringen versuchte, dass sie doch wohl geträumt hatten, da hätte er besser geschwiegen. Wie wild verteidigten sie ihre Erlebnisse in den Wassertropfen. So nachdrücklich, dass sie mit dem Fuß aufstampften.

Opa glaubte ihnen trotz aller Erklärungen und Beteuerungen kein Wort. Alles Traum, alles Fantasie.

Joschi, Henrik und Lyonel wussten es besser. Opa war ja schließlich schon alt. Wie konnte er denn auch nur ahnen, was sie alles erlebt hatten?

Joschi sprach es für alle drei aus: „Opa, es tut uns Leid, aber wir müssen dir sagen, dass du keine Ahnung von den wirklich wichtigen Dingen dieser Welt hast. Natürlich gibt es die Regentrude und natürlich kann man auf einem Regenbogen hinauf bis in den Himmel reisen. Wir müssen es ja wissen. Wir haben es schließlich selbst erlebt."

Damit ließen sie ihren Opa ziemlich verdutzt am Gartentor stehen und gingen vergnügt nach Hause.

Sie wussten ja schließlich, was sie gesehen hatten.